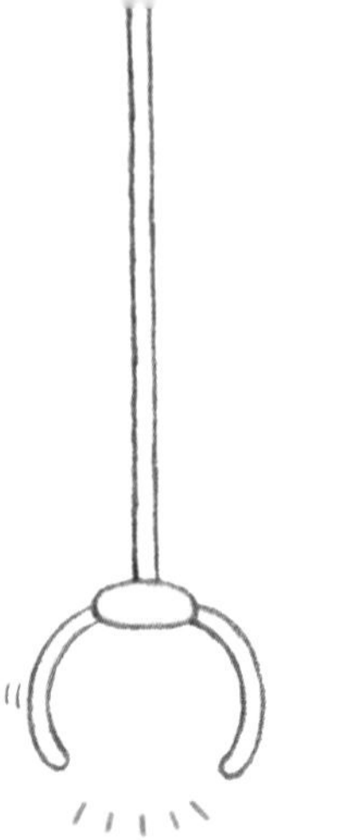

角落小夥伴的生活

一直這樣就好

角落小夥伴是？

角落讓人好安心，
聚集在角落的好朋友。

白熊

從北方逃跑而來，怕冷又怕生的熊。害怕冬天。最喜歡茶、被窩等溫暖的東西。手很靈巧。

常常為了爭搶角落吵架的好朋友。

重要的東西

裹布

占位中

白熊的行李。
用來占位子或是寒冷的時候使用。

北極熊還是寶寶的時候

企鵝？

以前是這個樣子…？

我是企鵝？
沒有自信。
從前頭上
好像有個盤子…
最喜歡小黃瓜。

每天都不斷
在尋找自己。
可是，到處都
沒有關於綠色企鵝
的記載…

理想體型

很在意身型。

貓

害羞的貓咪。
個性怯懦，常搶不到角落。雖然很溫柔，
因為太在意他人，
所以搞得自己很累。

只要在角落抓牆就能冷靜下來

出身自超市賣的家常菜

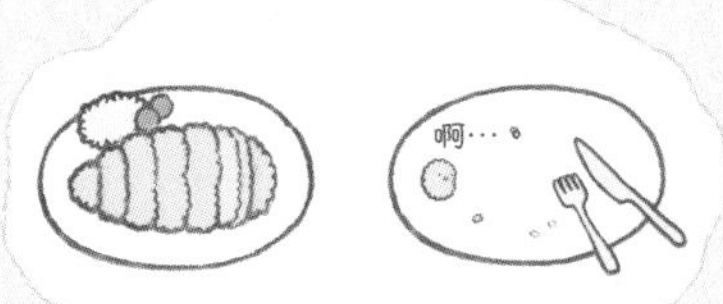

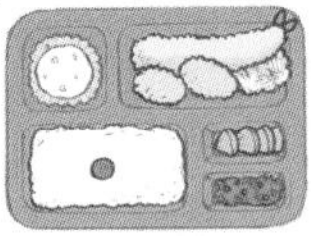

出身自便當

炸豬排

炸豬排的邊邊。
瘦肉1%，
肥肉99%。
因為都是油，
所以被剩下來…

粉紅色的部位是1%的瘦肉

害怕水和濕氣。
偶爾會過油炸一炸，
洗個澡。

希望有一天被吃掉，
感情融洽的兩人。

炸蝦尾

因為太硬所以被吃剩下來…
和炸豬排是知心好友。

夾子
會把角落小夥伴
從角落抓起。
不知從何而來
謎樣的敵人??
真的蜥蜴
朋友
母親
蜥蜴
其實是一種
來自海洋的恐龍。
怕被獵捕，
所以偽裝成蜥蜴。
很想念母親。
假裝是蜥蜴，和真的蜥蜴們
一起居住在森林裡。
也常出現在
大家聚集的角落。
喜歡：魚
真的蝸牛
各有祕密的
好友
知道
他是恐龍的
只有偽蝸牛。
偽蝸牛
也常背著
不是殼的東西。
嚮往成為蝸牛
所以背上一個外殼的蛞蝓。
因為說謊而感到內疚。
不過，角落小夥伴們
全都發現牠其實是蛞蝓。
麻雀
普通的麻雀。
因為喜歡炸豬排
為了想抓他而來。
飛塵
積極
二人組
雜草
分裂可以變小
集結在一起可以變大。
數量眾多。
常聚在角落裡
無憂無慮的一群。
擁有一個夢想，希望
有天能在嚮往的花店
被做成一把花束。
積極的小草。
腳是根
夢想有一天會開出花朵。
但是在馬路上被踩踏
老是長不高。
粉圓
粉圓
數量很多。
奶茶先被喝完
因為不好吸
而被吃剩的。
黑色粉圓
個性比一般的粉圓
來得彆扭。
常會惡作劇。
面無表情
真受不了呢！

怕冷

我是誰？

理想與現實

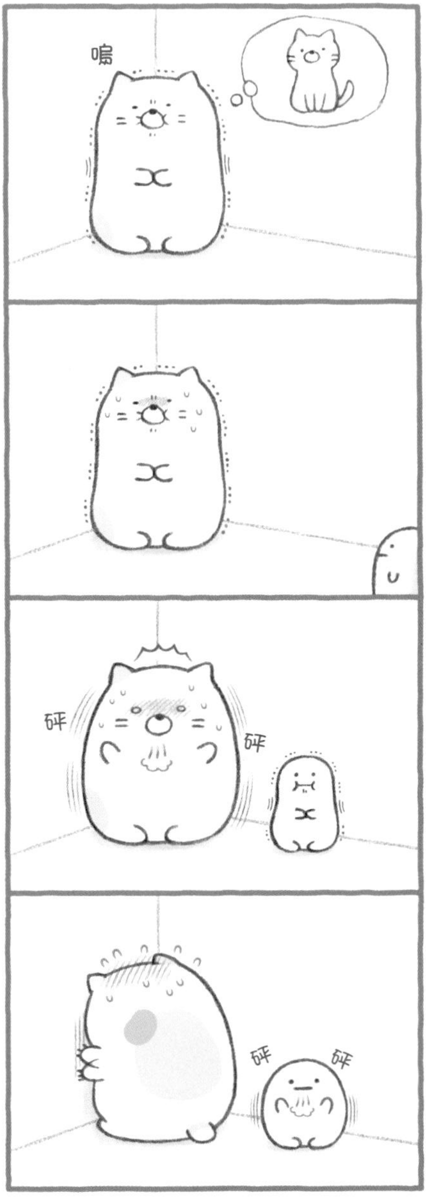

說謊

兩小無猜
角落超市
美味滷菜
¥335
滷南瓜
¥350
炸蝦尾
炸豬排
家常菜專區
啊…
炸物組合

日常

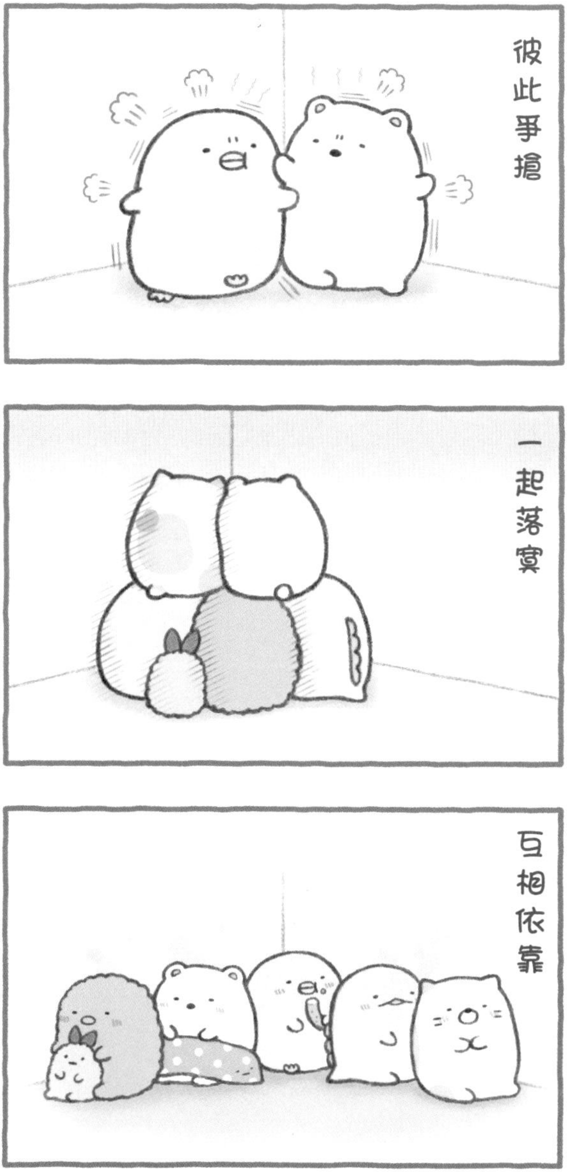
彼此爭搶
一起落寞
互相依靠

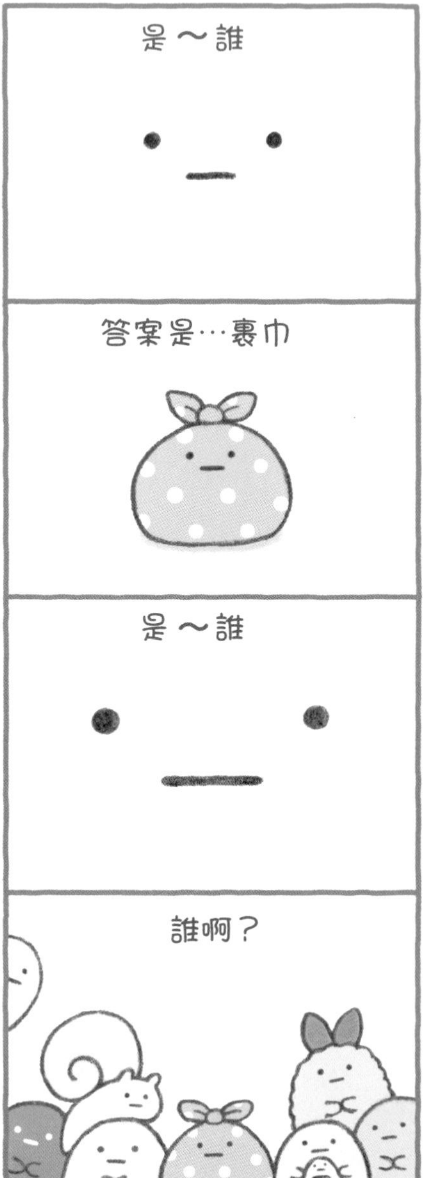
是～誰
答案是…裹巾
是～誰
誰啊？

是～誰
答案是…雜草
是～誰
雜草
咦？

春天的角落生活

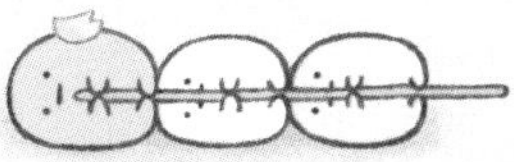

冬天走了

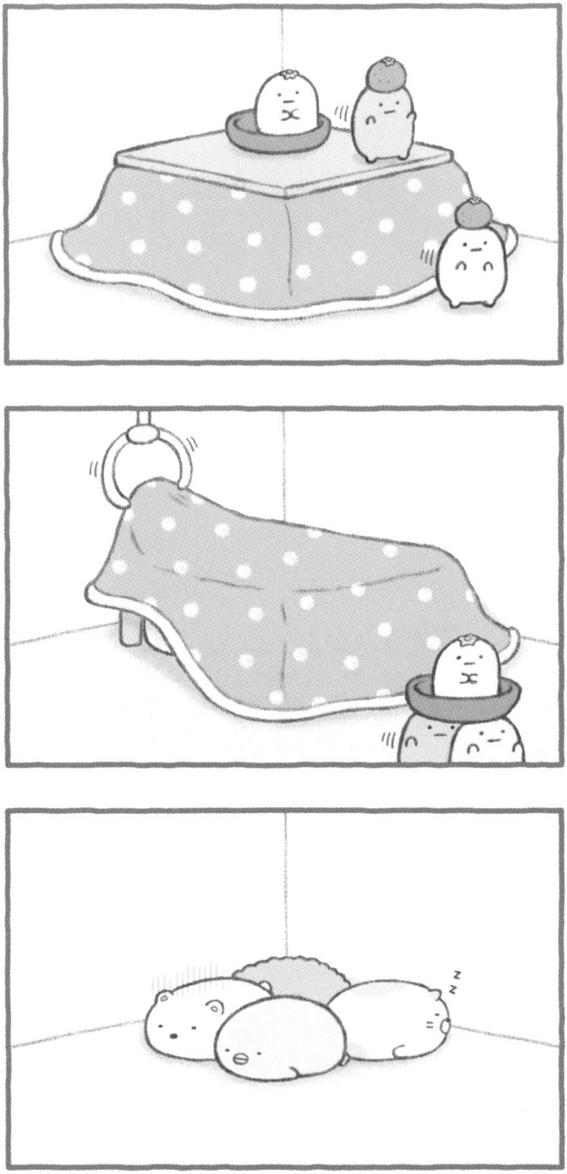

春天來了

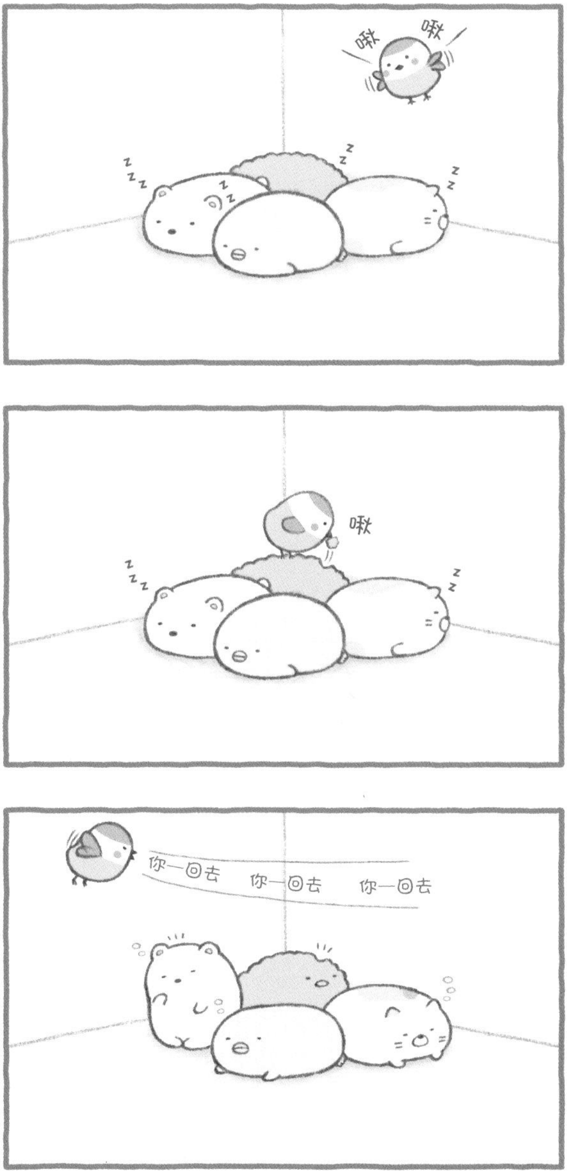

註：是雄性日本夜鶯在春天到來時，會發出音似「你—回去」的叫聲。

4月1日①

註：日本的4月1日是入學日，也是社會新鮮人報到的日子，象徵新年度的開始。

4月1日②

註：日文「奇異果」諧音近似「小黃瓜」。

占位子

比起賞花更在意…

賞花

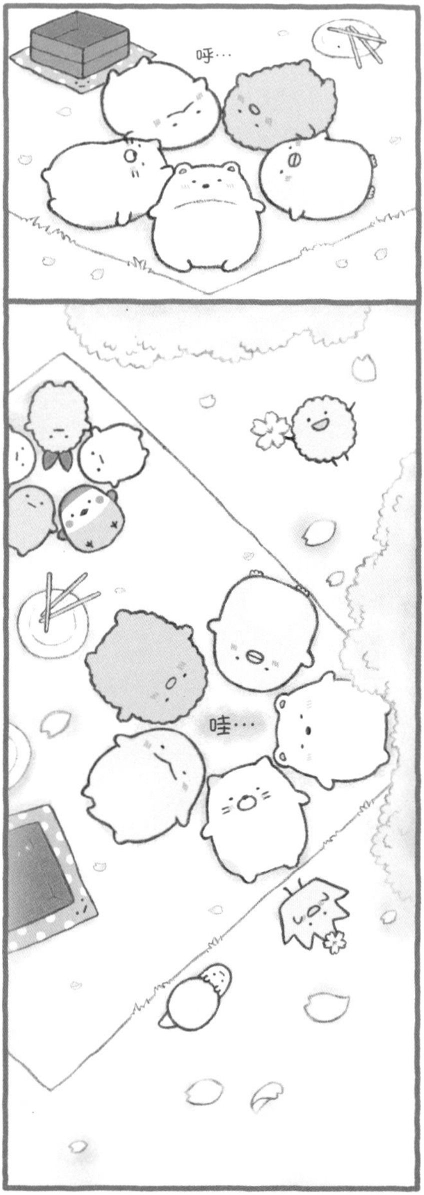

餘興節目

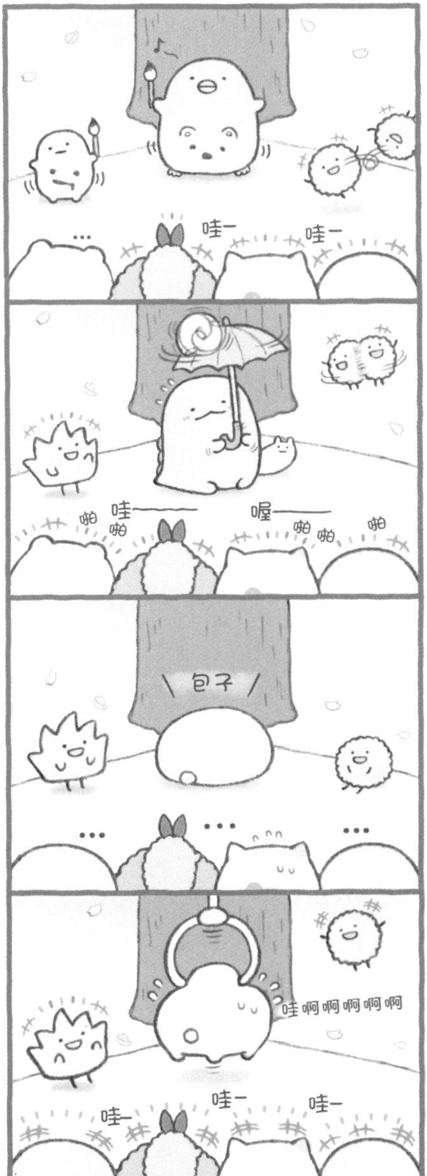

成長期

母親節

黴菌

梅雨季的戰鬥

自由
研究

夏天的角落生活

水手玩具

蜥蜴其實是住在海洋的恐龍的孩子。

不過，這是不能告訴大家的祕密…

想念故鄉的海洋
獨自玩著
喜愛的水手玩具…

其他角落小夥伴
各自拿著水手玩具
聚集而來。
大家一起熱鬧的
玩著水手遊戲。

穿反了

海盜遊戲

海洋氣息

試膽大會
叩咚
嘎吱嘎吱…
去看看!!
咦~~~~

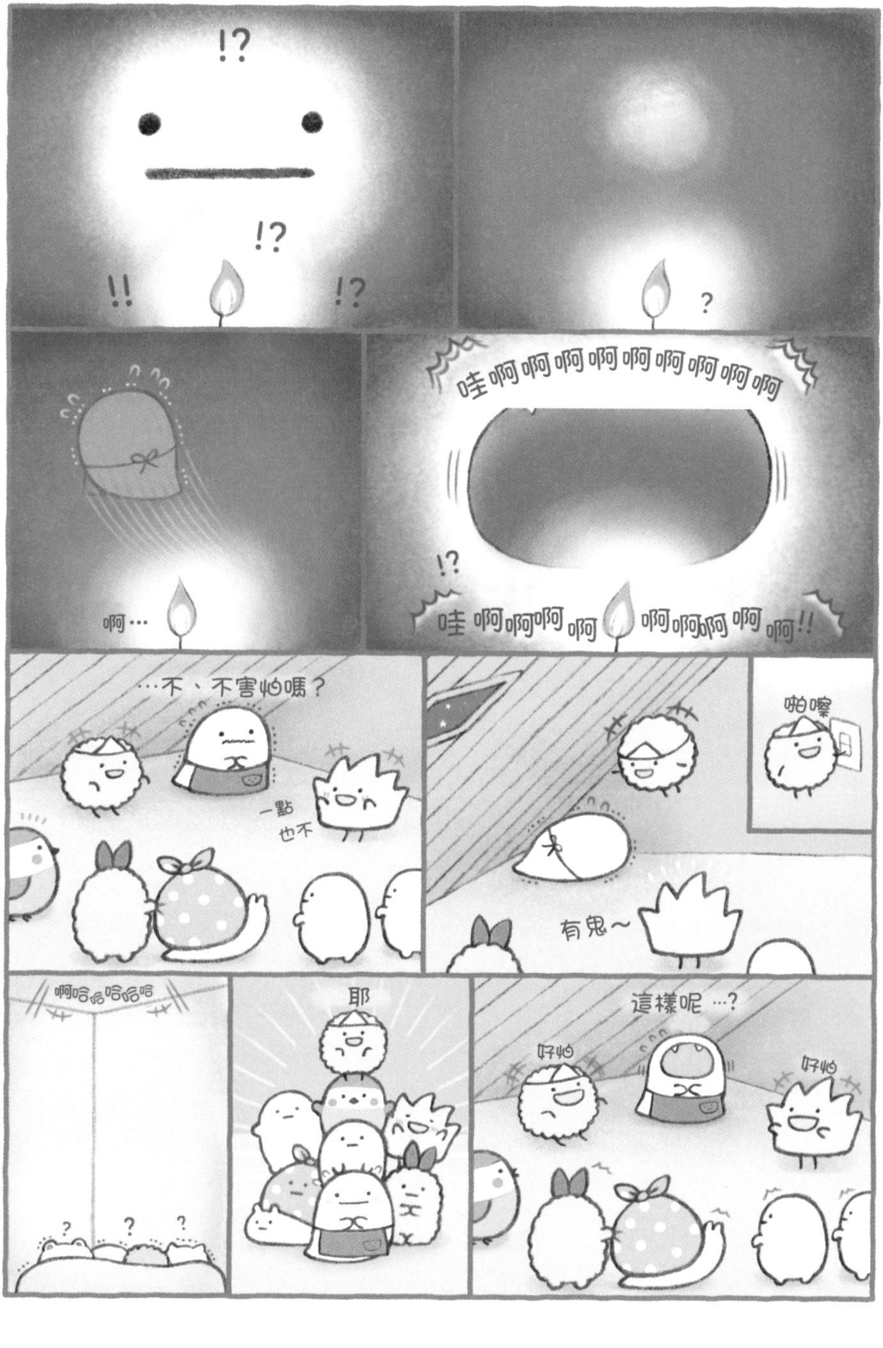
!?
!?
!!
!?
?
啊…
哇啊啊啊啊啊啊啊啊啊
!?
哇啊啊啊啊啊啊啊啊啊!!
…不、不害怕嗎？
一點也不
啪嚓
有鬼～
啊哈哈哈哈哈
?
?
?
耶
這樣呢…？
好怕
好怕

飄

冰珍珠

西瓜循環

吐籽

壽司大會

最喜歡魚的貓咪。
向大家介紹了
嚮往許久的壽司之後…

大家也對壽司
充滿興趣。
開始舉辦
壽司大會。

察覺到壽司出現的跡象
吃剩二人組
也來了。

生薑＆芥末

被留在
盤子的角落…

海苔眉

不要芥末

動手做壽司

完全溶入壽司角色

悔恨哭泣

好好吃…!!
好好吃呢～
!!
好吃
好幸福…
…
好吃…
好吃
好吃
超好吃
?
第一次
吃到這個…
啊呣啊呣
啊！炸物也很好吃
呢…
有一天
大家一定會
了解的…

SUMIKKO
Coffee
PREMIUM
角落咖啡廳
誠徵工讀

秋天的角落生活

角落咖啡廳

白熊
發現了一本書。
是誰…的呢?

想看看這本書
所以找到一間喜歡的店。
好像是一家
喜歡泡茶的白熊
完全無法抗拒
販賣美味咖啡的咖啡廳。

打扮得帥氣點…

邀請大家一起去
「角落咖啡廳」…

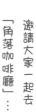

與幽靈的相遇
角落咖啡廳
Special set
• Sandwich
• Coffee
open
老闆的咖啡
全世界最好喝的
!!
幽…幽靈…!?!
咖啡豆?
?
歡、歡迎光臨…
那就…
緊張不安…
Special
• Sandwich
• Coffee
不恐怖喔!
老闆的咖啡
全世界最好喝的
認識…?

幽靈與咖啡豆老闆
咖啡廳…
真好呢…
COFFEE TIME
幽靈
不想嚇人的幽靈。
偷偷住在屋頂深處的角落。
喜歡打掃。
長期工讀
募集中
可以長期工作
喜歡咖啡
忐忑
不安…

咦…!?
要不要
在這兒工作呢？
!?
驚
你是…
幽靈？
咖啡豆老闆
角落咖啡廳的
迷你小老闆。
……
可、可以…
因為我是
幽靈…
可以
長期在這兒
工作嗎？
但、但是…
像我這樣的幽靈
可能
會嚇跑客人…
不要緊
就這樣
幽靈成為了
角落咖啡廳的店員。
好的
慢慢的
COFFEE
black
Special set
• Sandwich

呼叫服務生

一直想試試

吃剩

失物招領

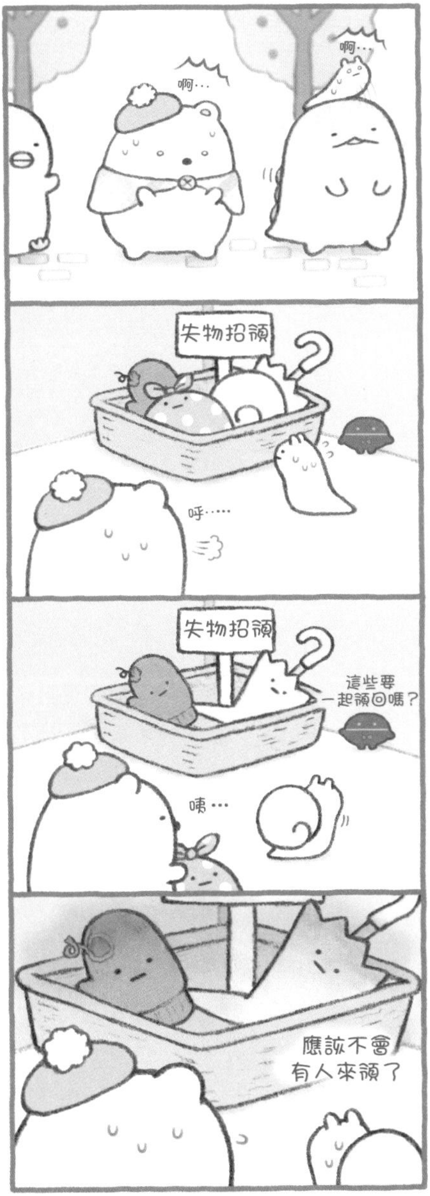

音樂之秋

藝術之秋

食欲之秋

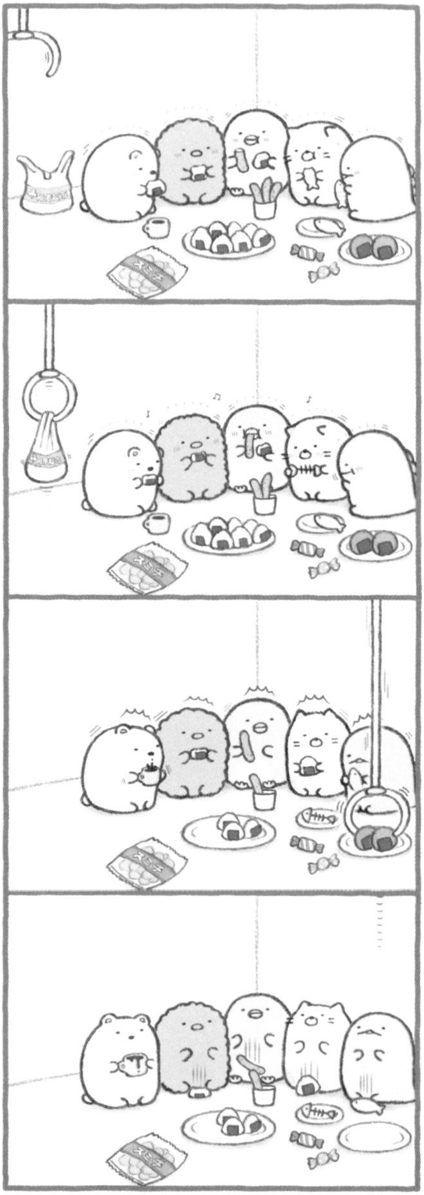

運動之秋

換季

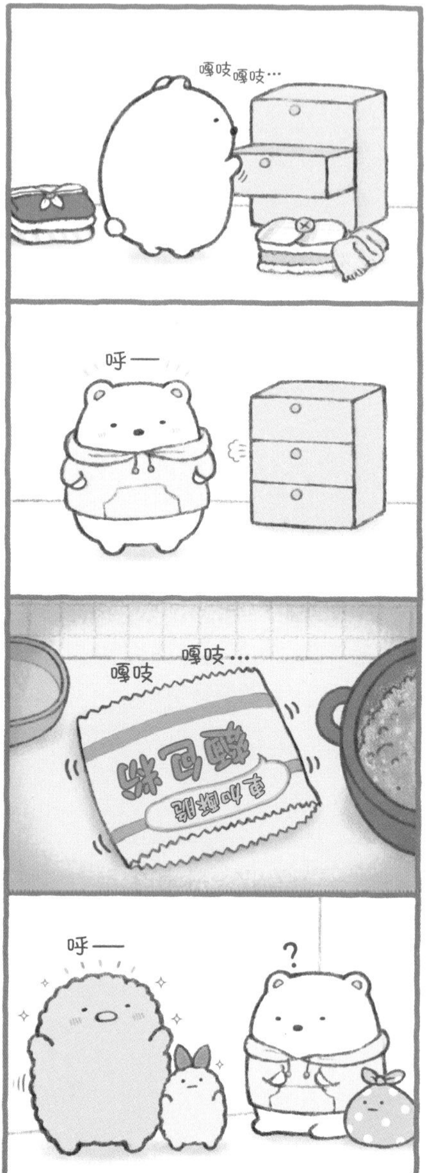

換毛

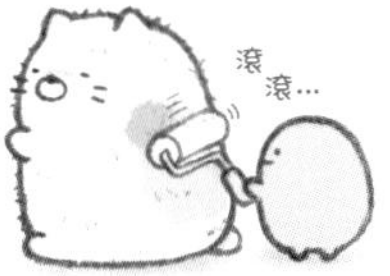

購買

適合

萬聖節派對
…
不搗蛋
就給角落
哇啊啊
我邀請他來喔
本尊來了ー
表演一下那個
忐忑…
不安…
?
哇ー
哇
哇啊!!

砰
不害怕嗎…？
嚇了我們一跳一
不搗蛋
就給角落
…
嗚嗚嗚
…
炸豬排
啊哈哈哈哈哈哈哈…
啊哈哈哈哈哈哈
啊哈哈
啊哈哈哈

冬天的角落生活

角落溫泉

怕冷的白熊
最難受的冬天來了。

在這麼寒冷的日子裡
就會想到「角落溫泉」
和在溫泉的角落裡
泡得暖呼呼的冥想

下了決心
離開被窩

外頭很冷
確確實實多穿些衣服……

和大家一起
前往冬天的溫泉……

電車上的角落小夥伴

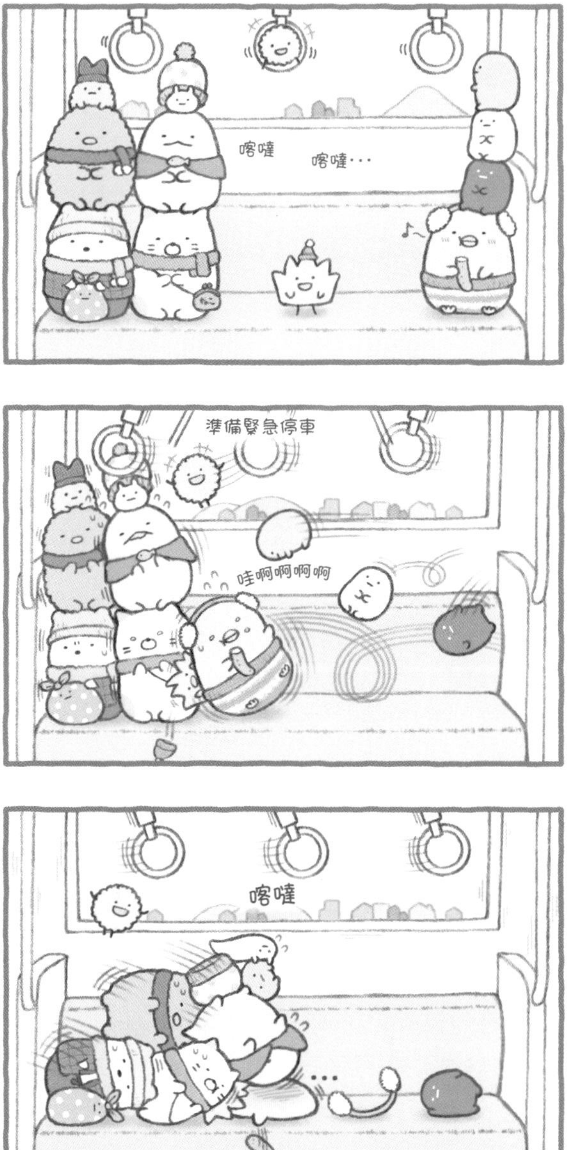

叫不醒

即將抵達
角落溫泉站～
貓咪
角落溫泉
SUMIKKO-ONSEN
貓咪
列車離站
角落溫泉
SUMIKKO-ONSEN
啊
啊
貓咪

抵達

看見富士山的溫泉

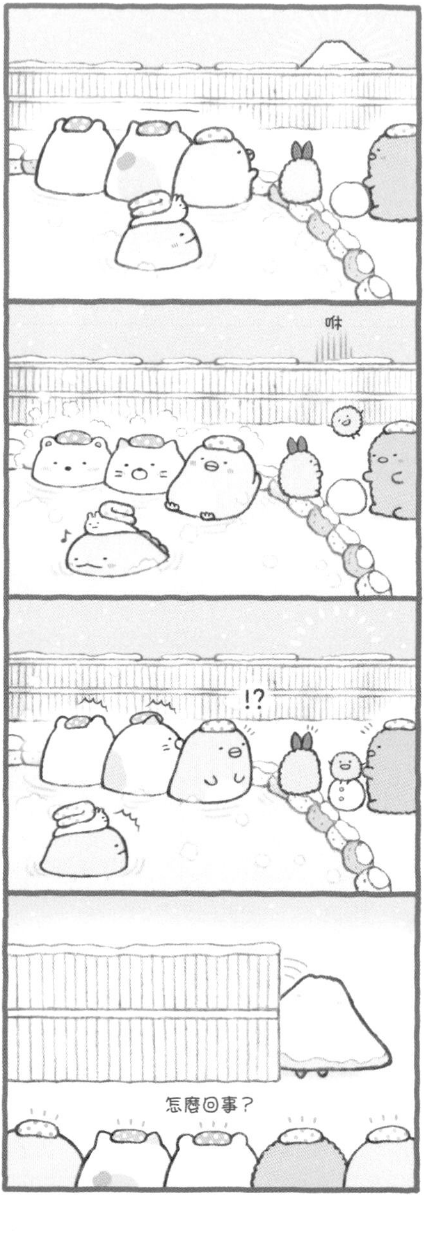

山

嚮往富士山的
一座小山。
常常
假扮富士山。

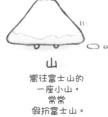

岩盤浴

量體重

山的夢想

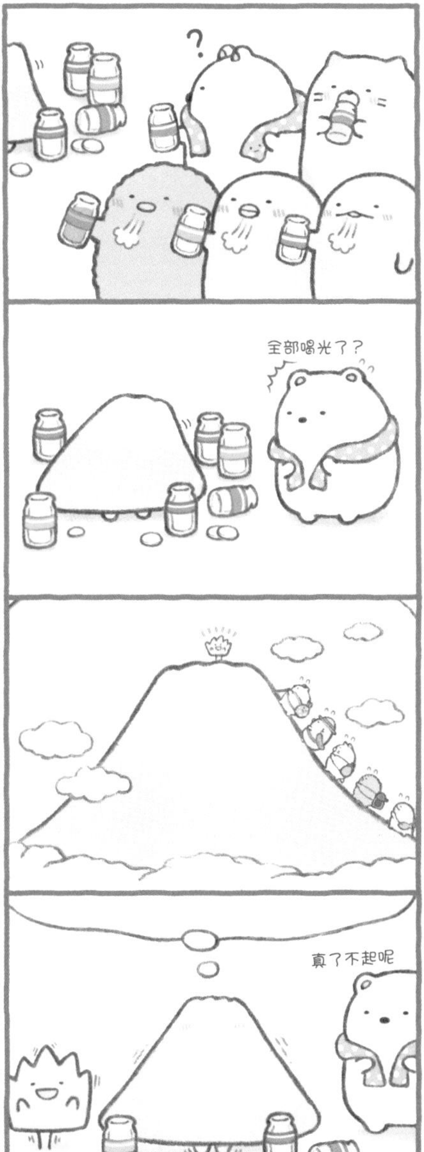

暖暖包

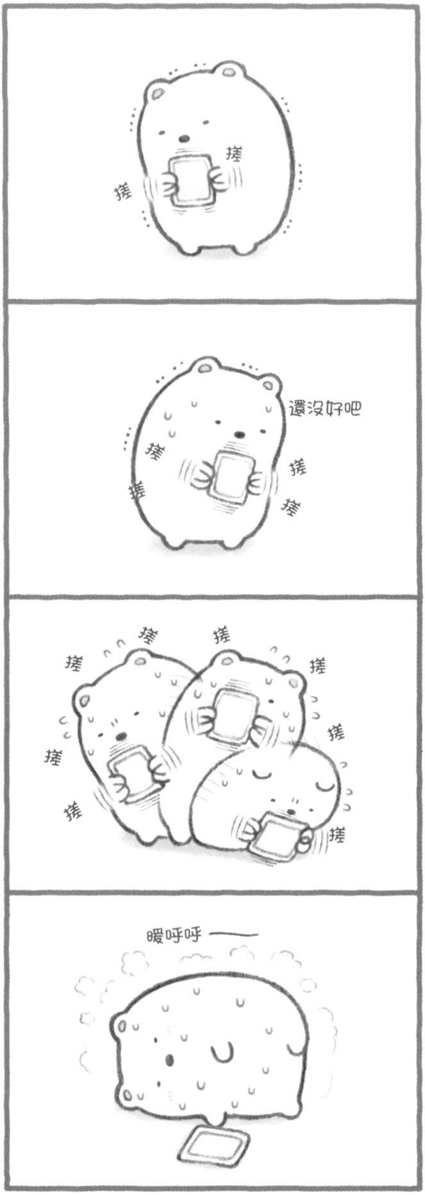

互推賽力遊戲

註：背對背圍成圈互擠的遊戲。

聖誕派對

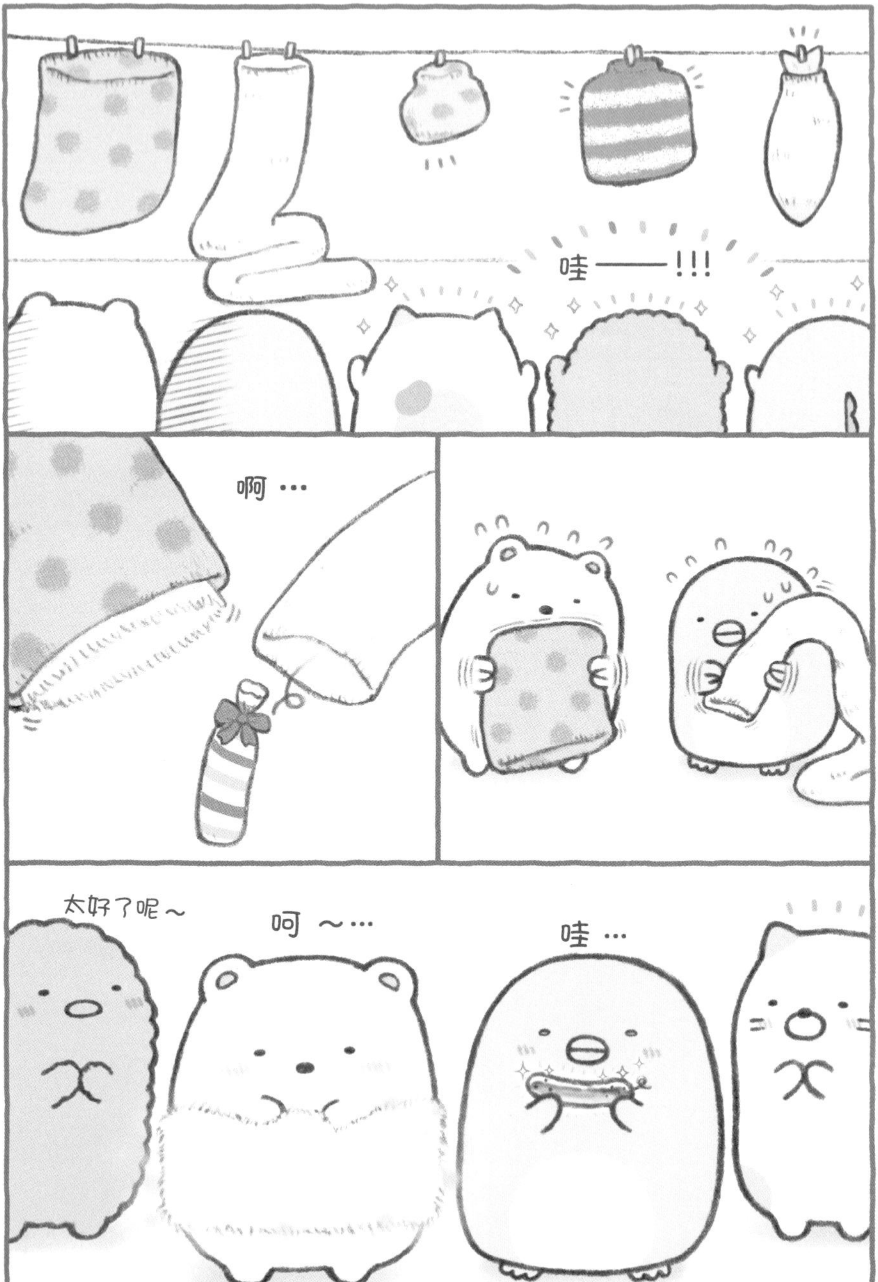
哇——!!!
啊…
太好了呢～
呵～…
哇…

Merry Xmasumikko★
美味
低卡
軟綿綿
炸豬排專用
麵包粉

跨年

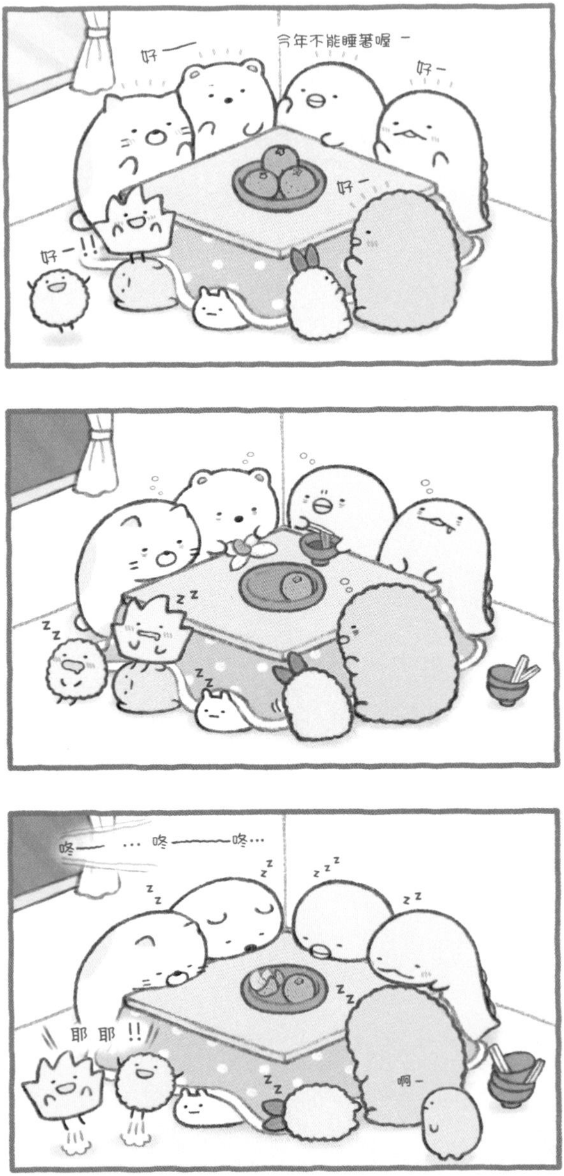

元旦的日出

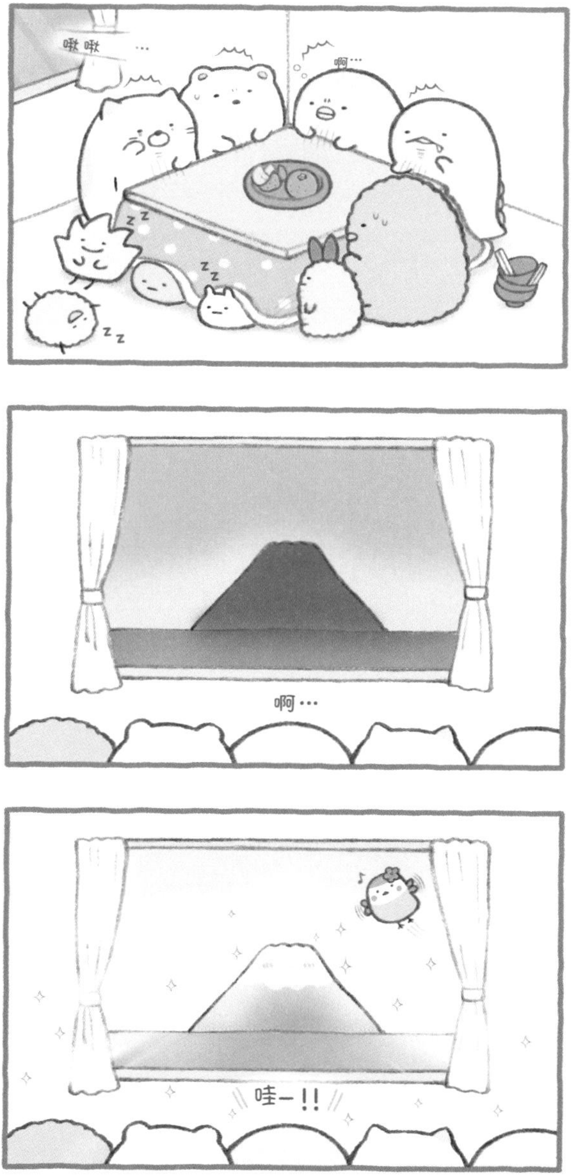

新年初次參拜

神社導覽

…
在這兒洗手
嘶哇——…
好運珠珠
好運手札
有賣很多東西
炸香蕉
現炸章
巧克力沾醬
新鮮現炸
還有路邊攤
炸蘋果
棉花糖
・大 ・半炸
・小 ・全炸
啊…
會變胖…
不要吃剩喔

炸豬排神

（豚仙）

不吃完會遭天譴
好酒沉甕底
這裡就是炸豬排神
炸豬排神
炸豬排神
哇——
說不定會實現我的願望…
靈驗嗎…
這個很古老呢－
不吃完會遭天譴
好酒沉甕底
炸豬排神
喀啷

會實現嗎

炸 炸
啪 啪
希望今年被吃掉…
希望今年一整年都很溫暖…
希望大家的願望今年都能成真…
希望今年可以找到自己…
……希望今年可以遇見媽媽…
會實現吧～

下一個春天的角落生活

蜥蜴與母親
啪嗒 啪嗒…
角落日報
拍下的照片上
長長脖子的生物陰影
角落湖
角落水怪 現蹤!?
出現在角落湖的謎樣陰影究竟是何物…
角落水怪!?
角落湖附近居民在清晨時刻拍攝到的影像。
今天的天氣
角落生物
真實存在
謎樣的角
被發現了
貓罐頭
PREMIUM
只要一罐
貓咪大滿足!
新發售!
媽媽……!?
等等—

跟去看看
?
角落湖
?

上船處
!!
…!
!?!
恐龍…?

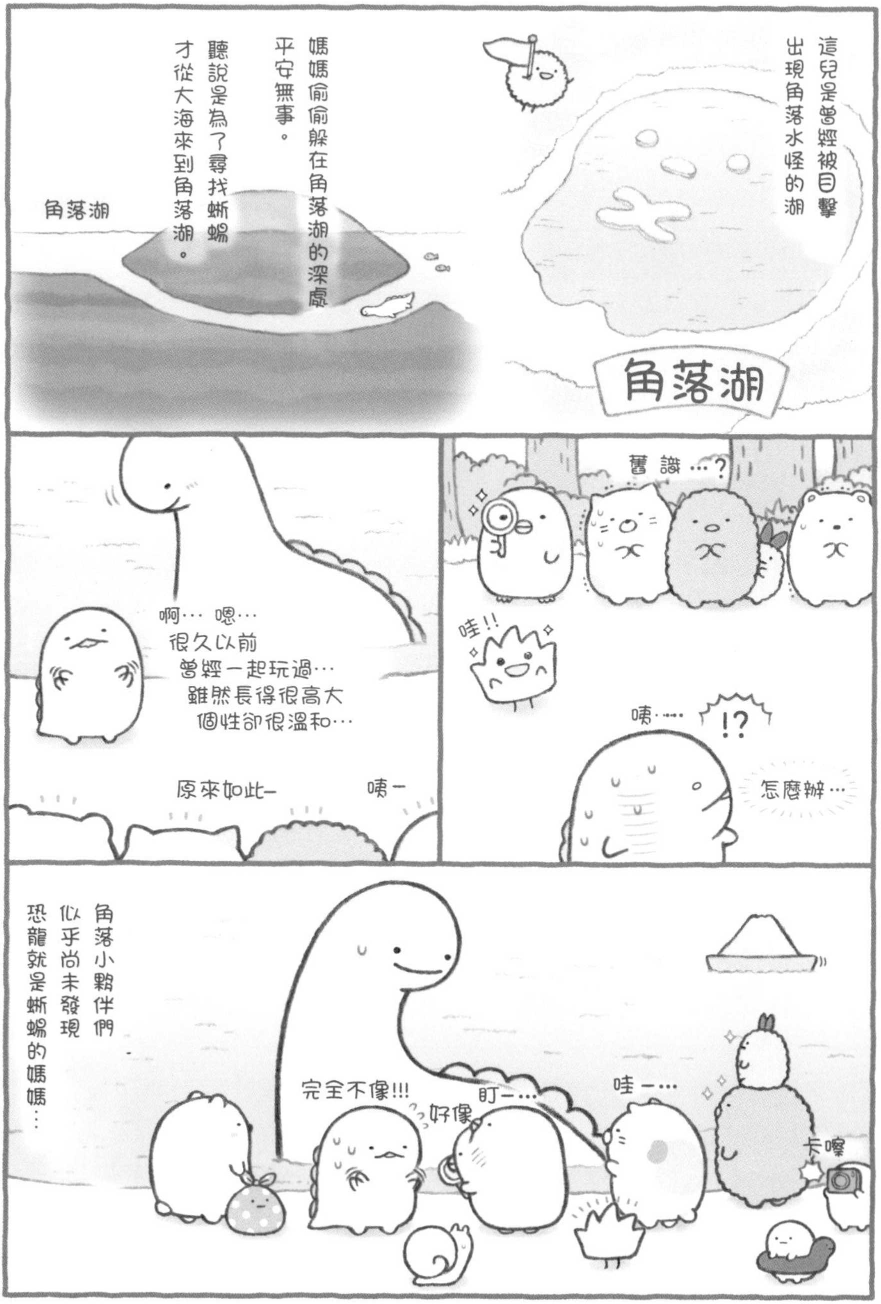
這兒是曾經被目擊
出現角落水怪的湖
角落湖
媽媽偷偷躲在角落湖的深處
平安無事。
聽說是為了尋找蜥蜴
才從大海來到角落湖。
角落湖
啊… 嗯…
很久以前
曾經一起玩過…
雖然長得很高大
個性卻很溫和…
原來如此ー
咦ー
舊識…?
哇!!
咦……
!?
怎麼辦…
角落小夥伴們
似乎尚未發現
恐龍就是蜥蜴的媽媽…
完全不像!!!
好像
盯ー…
哇ー…
卡嚓

媽媽的背

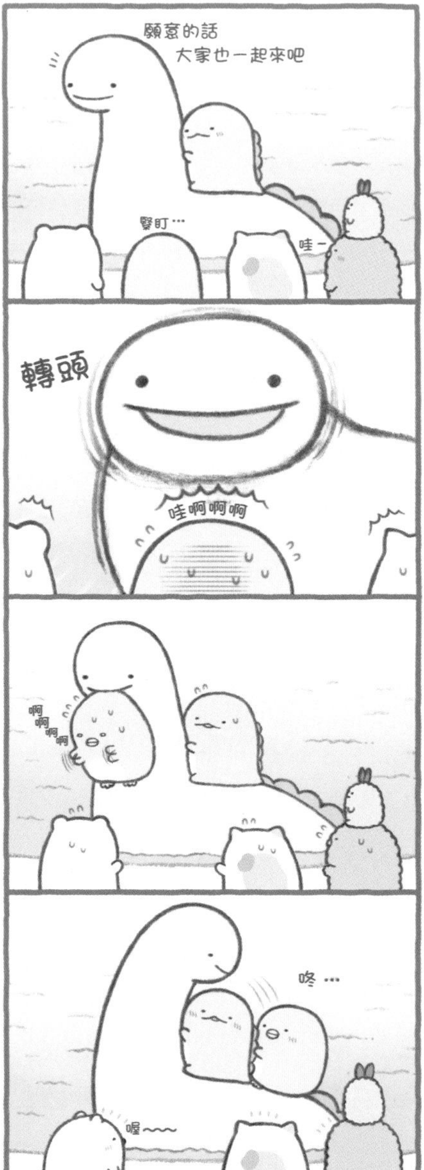

賽跑

恐龍研究

太陽西下
差不多到了
和媽媽告別的時刻

媽媽回到
大海的
角落去了。
何時
才能
再見呢…

蜥蜴的謊言
來
我買來了
Sumisshi
恐龍
人好好喔
對啊
完全不像
很像耶
餅乾
餅乾
啊、恐龍要
回那邊去囉…
晚安

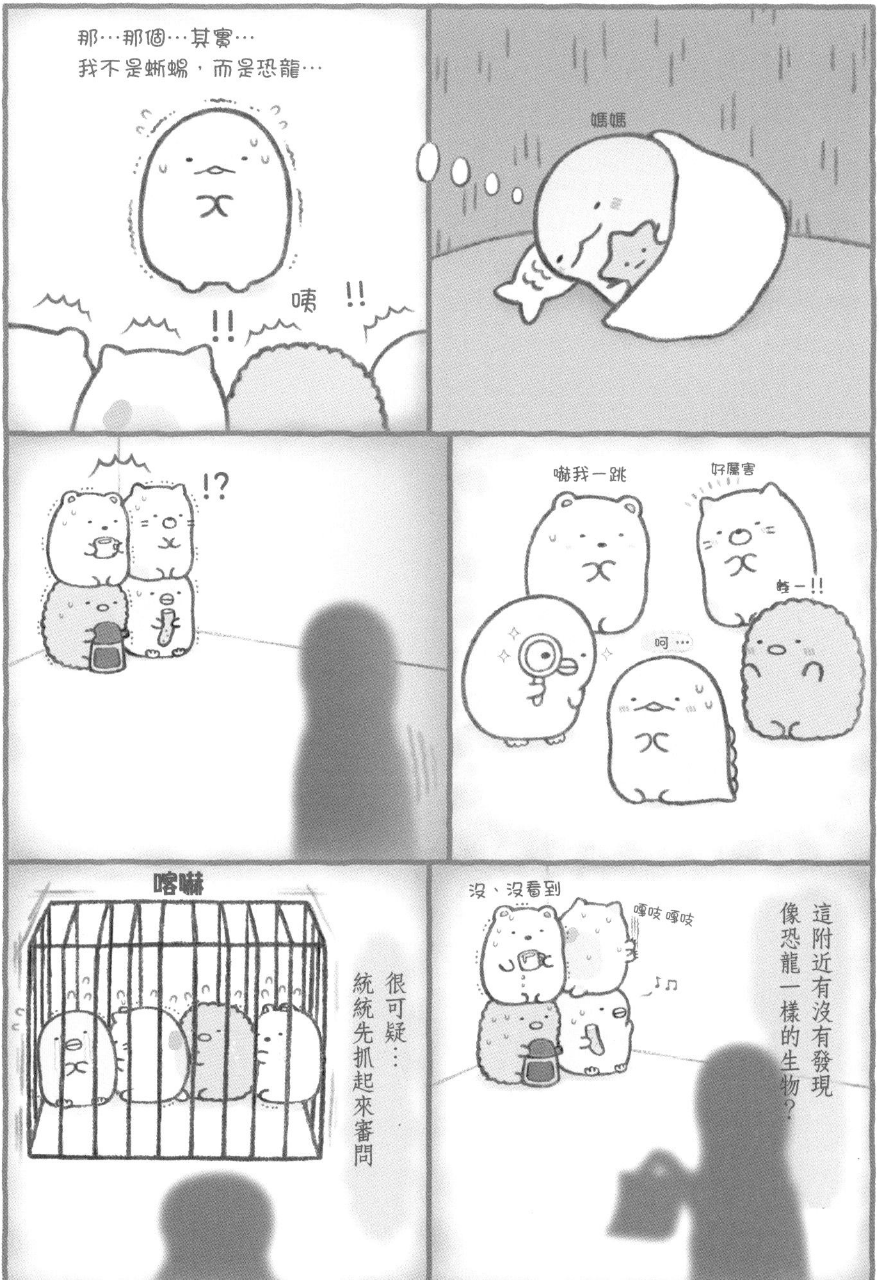
那…那個…其實…
我不是蜥蜴，而是恐龍…
咦 !!
!!
嚇我一跳
好厲害
哇—!!
呵…
媽媽
!?
這附近有沒有發現像恐龍一樣的生物？
沒、沒看到
哼吱哼吱
喀嚇
很可疑…
統統先抓起來審問

啊…
大…大家??
很抱歉
我說謊了…
但是…
果然還是不能說啊…
我們來玩囉！
早安ー

一直這樣
就好了

角落劇場

童話故事篇

房間的角落

角落劇場偷偷開演了。

角落小夥伴重新演繹的童話故事

敬請期待

STORY 1

角落小紅帽

從前從前有個地方，有一隻很怕冷的白熊。
白熊頭戴溫暖的頭巾，常常待在角落，
所以大家都叫他「角落小紅帽」。
有一天，外婆生病了。角落小紅帽決定去探病。
「你好…角落小紅帽。」
看起來不太恐怖的大野狼叫住小紅帽。
角落小紅帽說：「我要去探外婆的病。」
大野狼建議：「要不要摘些花去探病呢？」
趁角落小紅帽摘花時，大野狼跑到外婆家埋伏。
角落小紅帽摘完花，發現太陽下山了，
身體感覺到一陣涼意。
於是怕冷的角落小紅帽決定明天再去探病，
直接返回溫暖的家去了。

STORY 2

瓜太郎

從前從前有個地方，有一個老爺爺
和一個老奶奶住在角落裡。
老奶奶在溪邊洗衣服時，
飄來了一條巨大黃瓜。
老奶奶把黃瓜帶回家。
老爺爺和老奶奶把黃瓜切開，
出現了一個長得像企鵝（?）的孩子。
老爺爺和老奶奶為企鵝（?）取名為「瓜太郎」。
細心的撫養他長大。
長大的瓜太郎要出發去打鬼，
老奶奶為他做了「糯米糰子」。
糯米糰子吸引了小狗、猴子和雉雞加入打鬼行列。
到了角落島，原本應該要去打鬼的瓜太郎
被鬼輕輕鬆鬆用夾子抓起。
之後就被帶到中央島去了。

STORY 3

貓島太郎

從前從前有個小村裡住了一隻心地善良，
名叫「貓島太郎」的貓。
貓島太郎路過海邊時，有群壞孩子正在欺負
一隻抓來的烏龜。
貓島太郎拿出錢包，付了一大筆錢
買下了烏龜，把牠放回大海去。
過了二、三天，貓島太郎出海捕魚時，
遇見了那隻烏龜。
烏龜問：「要不要去龍宮城呢？」
貓島太郎心想那裡一定有很多美味的魚，
興奮的坐上烏龜的背上，潛入大海裡。
龍宮城裡的蝦公主與色彩斑斕的魚
群列隊歡迎貓島太郎，還請他飽餐一頓，
只可惜並沒有他最愛的魚。
貓島太郎差不多時候要回到角落去時，
蝦公主拿出了玉手箱送他，
說：「不可以打開…」
帶回玉手箱的貓島太郎，
一直聽到箱子裡有聲音傳來。
善良的他擔心有人被關在箱子裡，
於是打開了箱子。
嘩嘩嘩…箱子裡飄出一陣煙霧。
箱子裡是被油油的炸豬排
塞得滿滿的豬排蓋飯。
原來貓島太郎怕胖，
在意身材，所以炸豬排一口也沒吃。

STORY 4

三隻豬珍珠

從前從前有個地方，有三隻被喝剩下的豬珍珠。
三隻豬珍珠為了被喝掉，各自建造了自己的新家。
粉紅色的豬珍珠蓋了陶器的家…
黃色豬珍珠蓋了塑膠屋…藍色豬珍珠蓋了鐵罐屋。
「這樣應該就會被喝掉了吧…」
雖然三隻豬珍珠這麼想，還是被喝剩下來了。

STORY 5

炸豬排的報恩

從前從前，一個遙遠國度的故事。
有個白熊老爺爺在回家路上，在路邊發現一個被凍壞的炸豬排。
老爺爺覺得他很可憐，於是把牠移到曬得到太陽的地方，才回家。
那天夜裡，安靜的家裡來了訪客。
打開門一看是位年輕姑娘，
在山裡迷了路正發愁。
於是老爺爺收留了她一晚。
夜深了，姑娘對老爺爺說：
「請把房間借給我。絕對不可以偷看。」
說完就躲進房間裡。
房間裡傳出咚咚咚、沙沙沙的聲音。
老爺爺心裡很在意。
終於受不了偷偷打開門，
裡面竟然是炸豬排。
「我是您白天救的炸豬排，我次來報恩的。」
「這是最好的麵包粉和油炸的麵衣。」
穿上衣服，無比的溫暖。
老爺爺非常喜歡。
兩人成為好朋友，開始做起生意。
特製的麵衣賣得非常好，身體、荷包都很溫暖，
兩人從此一直生活在一起。

STORY 6 螞蟻與企鵝蚱蜢

從前從前，有一群認真工作的螞蟻與
自稱音樂家的企鵝蚱蜢。
有一天螞蟻看著企鵝蚱蜢說：
「你不工作嗎？只有你一直在玩喔？」
企鵝蚱蜢說：
「不了。我要靠音樂吃飯。」
螞蟻又說：
「等冬天一到，沒有食物不好吧？」
企鵝蚱蜢說：
「我想把我的音樂散布到全世界。」
完全不聽螞蟻的勸告。
過了不久，冬天到了。
螞蟻很擔心企鵝蚱蜢，所以到他家看看。
窗子裡透出耀眼的光芒，
發出足以震動整座屋子的巨大聲響。
原來企鵝蚱蜢正在舉辦演唱會。
隨著音樂，螞蟻自然的舞動身體。
許多好朋友蜂擁而至，把屋子擠得滿滿的。
是的，企鵝蚱蜢走自己相信的路成功了。
企鵝蚱蜢說：「找到自己…」
真是可喜可賀。

STORY 7

蜥蜴公主

深深的大海角落裡。
這裡有個喜愛美麗大海的「蜥蜴」公主。
蜥蜴公主心地善良，深受大家喜愛，
和好朋友們一起生活在一起。
但是，蜥蜴公主一直偷偷嚮往著陸上的生活。
有一天，蜥蜴公主往上游啊游，
第一次看見陸地。
有遊客正在陸地上走來走去，看起來
很愉快的樣子。
只會游泳的蜥蜴公主，看著羨慕不已。
心想：「好想在陸地上生活…」
但是，馬上浮現一些不好的想像，
蜥蜴公主又潛回沉靜的大海角落
回家去了。

謝謝大家閱讀《角落小夥伴的生活 一直這樣就好》這本繪本。

第一集《這裡讓人好安心》出乎意料，受到許多讀者喜愛，

收到許多支持鼓勵的回響。

第２集也完成了。真的很開心。

這次以春夏秋冬為主題，描繪角落小夥伴的日常生活，大家還喜歡嗎？

突然發現，第１集發行之後，

春夏秋冬已經走了兩輪以上。

這段時間有更多人認識了角落小夥伴，

角落小夥伴的世界越來越寬廣。

如此愉快的生活，希望能永遠「這樣不變」的繼續下去…。

不只是我，也期盼能成為大家希望永遠「這樣不變」的其中之一。

角落小夥伴的生活能放在大家心中的角落，

繼續努力下去。請繼續溫暖的看顧角落小夥伴。

橫溝由里

角落小夥伴的生活

一直這樣就好

圖・文　橫溝由里
翻譯　高雅溎
企畫選書人　賈俊國

總編輯　賈俊國
副總編輯　蘇士尹
資深主編　吳岱珍
編輯　高懿萩
行銷企畫　張莉榮・廖可筠・蕭羽猜

發行人　何飛鵬
法律顧問　元禾法律事務所 王子文律師
出版　布克文化出版事業部
115 台北市南港區昆陽街 16 號 4 樓
電話：02-2500-7008 傳真：02-2502-7579
E-mail：sbooker.service@cite.com.tw
發行　英屬蓋曼群島商家庭傳媒股份有限公司城邦分公司
115 台北市南港區昆陽街 16 號 8 樓
書虫客服服務專線：02-25007718；25007719
24 小時傳真專線：02-25001990；25001991
劃撥帳號：19863813；戶名：書虫股份有限公司
讀者服務信箱：service@readingclub.com.tw
香港發行所　城邦（香港）出版集團有限公司
香港九龍土瓜灣土瓜灣道 86 號順聯工業大廈 6 樓 A 室
電話：+852-2508-6231　傳真：+852-2578-9337
E-mail：hkcite@biznetvigator.com
馬新發行所　城邦（馬新）出版集團 Cité (M) Sdn. Bhd.
41, Jalan Radin Anum, Bandar Baru Sri Petaling,
57000 Kuala Lumpur, Malaysia
電話：+603-9056-3833
傳真：+603-9057-6622
印刷　韋懋實業有限公司
初版　2017 年（民 106）12 月
2024 年（民 113）8 月初版 111.5 刷
售價　280 元　ISBN　978-986-95232-1-9
EISBN　9786267126417（EPUB）

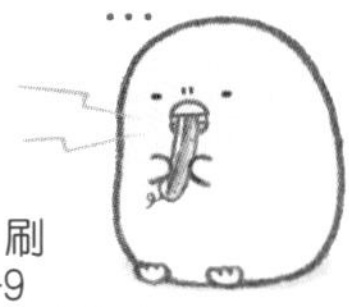

城邦讀書花園　布克文化
www.cite.com.tw　WWW.SBOOKER.COM.TW